과녁을 잇다

정진명 시집

과녁을 잇다

시in세상 001

학민사
Hakmin Publishers

옛날 사람들은 시인의 영감을 뮤즈라고 했다. 시의 신이 뮤즈다. 2017년 그 신이 나를 찾아왔다. 장수바위터에서 활을 쏠 때이다. 설자리에 나설 때나, 커피 한 잔 하려고 앉았을 때 느닷없이 영감이 떠올랐다. 그럴 때는 받아 적기만 한다. 불과 며칠 사이에 시가 80편을 넘어섰다. 그리고 며칠 뒤 뮤즈가 떠나갔다. 마치 수원이 바닥난 수도꼭지처럼 내 시의 영혼은 텅 비었다. 내가 써놓은 시들을 다시 읽어보면 낯설다. 마치 딴 사람이 내 이름을 빌어 써놓은 것 같다. 그래서 나는 이런 연작을 신의 선물이라고 생각한다. 그 뒤 1년이 지나도 활에 관한 시는 단 1편도 떠오르지 않는다. 그러고 보면 2017년의 그 시들은 틀림없이 뮤즈가 왔다 간 자취라고 믿는다.

정 진 명

차례

차례

과녁을
잇다

정 진 명 시 집

활터의 무지개

비 그친 활터에
무지개 떴다.

설자리에 서서
나고 드는 숨 가만히 보노라면
구름은 과녁 너머로 흘러가고,

불거름을 채운 봄바람은
온봄의 가지 끝에 연둣빛 형광 불을 켠다.

활시위를 당기지만
따로 내 할일은 없어

온 세상이 풍선처럼 부푸는
한 숨의 끝에서

화살은
무지개를 그리며 날아간다.

반구저기

그토록 많이 쏘아댔지만
과녁에 맞는 화살은 그리 많지 않았네.
홍심에서 튀는 것은 더더욱 그랬네.

좀처럼 안 맞는 것을 향해
맞지 않을 것을 알면서도
맞아주기를 바라는 마음
설자리에서는 가득해

그런 나를 다그치는 것이
과녁을 올바로 맞히는 유일한 방법임을 안 것은
너무나 많은 화살을 버린 뒤였네.

후회 없는 화살이 있겠냐만,
그런 헛발들도 뜻이 없진 않아
묵묵부답인 과녁 앞에서 나를 돌아보는 것,
그것이 내게 남은
나를 위한 너무 늦은 약속.

그 약속을 확인하기 위해

한 발 나서는 설자리로
어느덧 저녁노을 붉게 비치네.

장수바위터

시루봉 아래
장수바위터에서는
누구나 용맹스런 장수가 된다.

갈팡질팡하는 바람 너머로 화살 퍼붓고
전령처럼 돌아오는 청아한 목성(木聲),
입가엔 반달 같은 미소가 걸린다.

솔포라도 서는 날이면
오색 바람 더욱 거세지만
벌잇줄 팽팽해진 양 귀를 비정비팔로 지그시 밟으면
설자리의 기상은 더욱 우뚝하다.

시위 떠난 화살은 허공에 무지개를 그리고,
잠시 후 무겁에서 북소리와 함께
방긋 웃음이 날아든다.

지게관

뚝방터에 가면
지게관이 있다.
100년 침묵을 뛰어넘은
조선의 얼굴.

아침 해에 환히 웃고
저녁 해에 붉게 젖어
맞은편의 과녁을 보며

동쪽과 서쪽 사이
100년 세월의 갈피를 보여준다.

뚝방터 가는 것은
굽이치는 100년 고개를 넘어가는 일.
서기 2017년에 쏜 화살은
광무 10년 전의 황학정으로 날아가
땅! 하고 서까래를 울린다.

그 울림을 들으러 뚝방터에 가면
이제 왔느냐고,
조선의 얼굴이 웃는다.

꾸러미

활의 한 초식에
모든 비결이 있다.

보자기를 펼치면 태극권 동작이 술술 풀려나오고
중심을 세우면 팔괘장이 태극무늬를 그리고
돌돌 말아 내밀면 차력이 된다.

무림 비급 품고 강호를 떠돈다.
내가 멘 활 꾸러미에서
무엇이 뛰쳐나올지 아직 알 수 없다.

영화 『와호장룡』의 대숲 위로 빛을 뿌리는 청명검과
영화 『영웅』 죽간 더미 사이로 솟구쳐 오르던 경공술과
소설 영웅문의 몇 갑자 내공들, 이런 것들
모두 한 보자기에 꽁꽁 동이면

활이 된다.

고요한 활터에서 시위를 당기는 것은
이런 보자기를 하나씩 푸는 일.

가슴 비우고 아랫배를 채워
발가락부터 올라온 힘을 과녁까지 잇는 일.
가느다란 숨결이
내게 닿은 탯줄임을 아는 일.
발로 지구를 눌러
우주가 통째로 뒤틀게 하는 일.

황새

경희궁에 살던 황새 한 마리
인왕산 기슭에 잠시 머물다가
저녁노을 속으로 날아올랐다.

동쪽 영주산의 신선들은
외출할 때 학을 타고 다닌다는데
한 번 나가서 영 돌아오지 않는 새를
나는 가끔 저녁노을 속에서 본다.

청미천 냇물에서 저녁 물고기가 튀어오를 때
장수바위터에서 봄물이 하늘까지 차올랐을 때
자운대 골짜기를 공명통 삼아 과녁이 노을빛을 퉁길 때
촉이 겨눈 느새터 꽁꽁 언 하늘을 기러기가 인(人)자 무늬
로 저어갈 때
미추홀터에서 솔포의 개구멍까지 바닷물이 차오를 때

어쩌면 꿈일지도 모른다.
돌돌 말린 한지 틈으로 날개 퍼덕이며
강필주의 그림 속에서 빠져나오는 황새들을
가끔 보는 것은.

황새의 고향은 하늘,
아무 흔적도 남지 않는 허공이어서
지상에 남기고 떠난 둥지를 바라보며
거기 서린 따스한 볕을 잠시 그린다.

봄의 완성

봄기운은 밑에서 봉우리로 올라가고
줌손은 하늘에서 과녁으로 내려온다.

오름과 내림 사이
그 어디쯤 서서

과녁도 궁시도 아닌
내 안을 고요히 들여다본다.

어두운 복판에 눈 뜨는 돌 하나 있다.
새근새근 숨 쉬는 꽃봉오리 있다.

그 깊은 곳으로 내려간 기운이
올라올 때까지 잠자코 기다릴 뿐,

할 것도, 말 것도 없다.
잠시 후 관중(貫中) 소리에

온 세상이 꽃들을 화들짝 터뜨리며
이 봄을 한 번에 꽝! 완성한다.

화살과 과녁

맞추어야 하는 화살과
맞아야 하는 과녁은
누구도 원한 일이 아니기에
아무도 탓할 수 없는 저의 운명.

쏜 살이 날아갈 때
과녁은
가장 또렷한 존재가 된다.

맞히고
맞을수록
더욱 더 자신이 되어가는
화살과 과녁.

그러니 용서하라.
전생의 운명을 이번 생에서 바꿔
누구에게든 화살이고 과녁인
그대.

꽃

시루봉의 햇살을
화살은 무겁으로 넘겨준다.
과녁은 꽃잎을 켜켜이 열고
오래 준비한 향기를 낸다.

꿀물을 얼른 빨고 싶어
화살은 벌새 부리처럼 뾰족하다.
과녁을 많이 맞힌 살촉에서는
꽃향기가 난다.

누군가를 맞히는 일이
꼭 아픈 것만은 아니다.
아픔 너머에서
새로이 영그는 것들도 있어,

시루봉의 햇살을 받은 과녁이
꽃송이처럼 활짝 피어날 때
화살은 과녁의 꿀을 빠는
벌새 주둥이가 된다.

그럴수록 불거름에 이슬처럼 고이는
꽃의 꿀.
입안에 침이 달고,
얼굴 가득 향이 돈다.

장수

장수바위터에서 활을 쏘노라면
여러 사람이 찾아온다.
온갖지 동문들도 자주 찾아오고
태견꾼, 다른 문파의 무사, 검객들도 오지만,
어떤 때는 생각지도 못한 사람들이 찾아온다.
어제는 을지문덕이 찾아왔고
그제는 이성계가 놀러왔다.
가끔은 이순신도 강감찬도 찾아온다.
커피 한 잔 하고 잡담 나누다 사대에 서면
뒤에서 구경하던 그들이 나에게 들어와
깍짓손을 끌고 줌손을 민다.
오늘의 줌손은 이성계의 팔
어제의 깍짓손은 강감찬의 손
내일의 발바닥은 이순신의 비정비팔
혹은 몸통은 양만춘의 것이기도 해
내 안에는 무슨 틈바구니가 그렇게 많은지
아무나 찾아와 몸을 빌리잔다.
그래, 어차피 나도 이 몸을 빌려 한 생 차린 처지이니
늬들 맘대로 해봐라.
장수바위터에 서면 아침 햇살에

금빛 비늘 번쩍거리는 장수들이 나타나
내 활과 내 몸으로 제 시위를 당긴다.
활터는, 그 큰 불거름을 빈틈없이 채운다.
100보 밖의 솔방울이 툭 떨어진다.

호수

과녁에
화살이 떨어지면
동그란 물살 일어
동심원을 그리며 허공으로 퍼져간다.

어디를 맞느냐에 따라
물살은 가지각색이다.
어떤 때는 징의 울림 같고
어떤 때는 북의 울림 같고,
어떤 때는 천지가 얇은 막처럼
호수와 하나로 겹치기도 한다.

화살을 던진다.
잠시 후 한없이 커진 물살이 밀려와
몸 속 깊은 곳의 고막을 건드린다.
내 안에 물결이 큰 북처럼 일렁인다.
그 물살에 몸을 맡기고
천천히 허공의 끝까지 퍼져간다.

과녁의 중심에 화살을 던지면
물살 뒤의 드넓은 호수가 함께 울린다.

허공

아무 일 없어도 활터에 온다.
활터에 와도 아무 일 없다.

그럴 때 활터는 허공만 한 가득이다.
동떨어진 내가 그 속으로 들어간다.

밀어내던 허공이 천천히 나를 받아들인다.
허공 속으로 사라진 나를 나의 허공이 바라본다.

그 너른 활터에 아무 일 없다.
고요를 머금고 빛나는 허공뿐.

봄

오는 봄 반가워
활을 쏜다.

가는 봄 아쉬워
활을 쏜다.

활 몇 순 내는 사이
봄이 지나간다.

봄 가니 여름 오고
가을 가니 겨울 온다.

활 몇 순 사이
온갖 꽃잎 날리며

오늬 쪽에서 와서
촉 쪽으로 가시는 봄.

나비

시위를 당기려는데
촉끝에 나비가 앉았다.

브러치 같은 날개를
접었다 폈다 한다.

나비 한 마리로 하여
설자리가 환하다.

나비는 날아가고
나는 나비가 된다.

나비가 쏘는 건지
내가 쏘는 건지 몰라도

누가 쏘든 활은
활짝 핀 꽃송이다.

새

어제는 활터에 큰 새가 날아들었다.

어찌나 큰지 헬리콥터인 줄 알았다. 주변의 나무들이 머리채를 휘휘 젓고 풀들이 바닥까지 쓰러졌다 가까스로 일어났다.

새대가리와 몸통은 벌써 도착했는데, 오색찬란한 봉황의 꼬리는 아직도 남녘 하늘 먼 곳에서 날아드는 중이었다. 골짜기를 울릴 만큼 소리도 컸다. 꺽꺽!

바람 무시하고 화살을 날렸다. 화살은 엉뚱한 곳으로 날아갔다. 새는 살을 퉁겨내는 힘이 있는 듯했다. 허공으로 치솟자마자 급히 꺾이는 살찌들을 보면 그걸 알 수 있다. 새를 맞추려고 한 것이 문제였다.

새에게 심부름을 시키기로 했다. 과녁 가린 새를 버리고, 마음속의 새를 향해 화살을 날렸다.

새가 화살을 물고 과녁으로 날았다. 바람이 멈추고 세상이 고요해졌다.

그러자 내 몸이 가볍게 떠올랐다. 겨드랑이를 시원한 초록빛 바람이 추켜들었다.

어제는 활을 들어 올리는 내 겨드랑이에서 날개가 돋았다.

오늘 활터에 가면 그 새를 틀림없이 만날 수 있을 것이다.
나보다 더 큰 새.

말자

그리워하지 말자.
그리우면 마음이 바쁘다.

과녁을 보지 말자.
마음이 어지럽다.

내가 잡고자 하는 모든 것들
잡고 보면 그저

배경으로 흐르는
바람이나 그림자 같은 것.

품 떠난 화살이
알아서 찾아갈 것이니

과녁을 보지 말자.
그리워하지 말자.

과녁

과녁은 언제나 그 자리인데
한 번도 같은 자리에 머문 적 없다.

똑같이 쏴도 살은 앞나거나 뒤나고
똑같은 힘을 써도 짧거나 넘는다.

맞고 튀는 화살조차도
맞는 자리는 매번 다르다.

어떤 날은 가까운 듯 커 보이고
어떤 날은 멀어진 듯 작아 보이는 과녁

날마다 달라지는 과녁을 보며
한 번도 머문 적 없는 내 마음을 읽는다.

활을 쏘려고 설자리로 나서면
과녁은 벌써 움직일 준비를 한다.

바람

날아가는 화살을 보고
과녁이 이리 쏵, 저리 쏵 피한다.

줌앞이거나 줌뒤, 반 뼘 밖에 꽂힌다.
어떤 살은 과녁 밑바닥에 걸린 것도 있다.

마음이 흔들림이 없는 날이 있다.
이런 날은 벗어날 살도 맞는다.

흔들리는 것은 화살이나 과녁이 아니라
쏘는 자의 마음이어서

바람이 분다.
그래도 바람이 불지 않는다.

육조 혜능의 마음엔
본디 바람이 없다.

뿌리

고요한 날에는
활터에 나만 남는다.

바람 탓도 없고
궁시 탓도 없고
날씨 탓도 없다.

그런데도 살찌가 모두 다른 것은
내가 아직 나에게 이르지 못했음을 보여주는 날선 채찍질.
가지 흔들릴수록 깊어지는 뿌리에 이를 때까지
가지의 흔들림에도 자신은 흔들리지 않는 곳까지
더 안으로 파고들라는 죽비소리.

고요한 날에는
남 탓 못하는 나만 남아
점점 커지는 주홍빛 아가리를 마주한다.

여름밤 개구리 울음소리 잠시 끊긴 사이
우주보다 더 큰 침묵이 드러난다. 어홍!

꼬마와 봄바람

활터에 꼬마들이 놀러왔다.
말괄량이 같은 봄바람도 따라왔다.
한 번 쏴봤으면……,
하는 마음이 얼굴 가득하다.

저 굴뚝같은 호기심으로부터
40년 후의 지금까지 내가 왔으니
지금부터 40년 후의 추억으로 걸어가게 할
미끼를 내어준다.

빌린 활과 화살로 과녁 없이
아이들은 임자보다 더 즐겁게 활 쏜다.
40년 후의 나 대신 이곳에서
백발성성한 꼬마들이 활을 쏘고 있으리라.

아이들이 돌아간 활터에
봄바람 아직 남아
과녁을 바라보며 설레는 중.
목련이 푸른 손바닥을 흔든다.

활과 붓

활에도
길이 있고

붓에도
길이 있다.

그 길은
똑같다.

마침표를
찍을 곳이 없다.

손님

활을 쏘다 보면
손님들이 찾아온다.

고라니가 성큼성큼 질러가고
엉덩이 하얀 노루도 이따금 뛰어간다.
비둘기, 왜가리, 까마귀, 산까치, 새매까지
화살의 길로 겁 없이 지나간다.

아니다! 어쩌면
그들에게는 내가 손님일 것이다.
조용했던 남의 터에 들어와서
무시무시한 활이나 쏘아대는 불한당일지 모르겠다.

이쪽저쪽 모두 손님이라면
한쪽 팔뚝이 썩은 아름드리 늙버들과
사라진 동네를 장승처럼 지켜선 느티나무
저 진짜 주인들에게 눈인사라도 해야겠다.

활터의 주인이 나인가 하면
어느덧 뜨내기손님이 된다.

매화궁

활터에는
사시사철 피는 꽃이 있다.

언제든지 필 수 있으나
쉽게 피지는 않는 신비한 꽃.

몸과 마음이 한 곳으로 겨누어진 완벽한 고요 속에서
팡! 하고 마술처럼 피는
꽃.

하지만 몸과 맘이 따로 놀아
이 빠진 꽃잎들이 허공으로 흩어진다.
그래도 마음속에서는
날마다 꽃을 바라

설자리로 나서며
획지(獲紙)에 만발할 매화꽃을 꿈꾼다.

나에게 가는 길

나에게 가는 길이
가장 멀다.

내가 곧 나이니
가장 가까울 것 같지만,
이르러 보면
나는 없고 껍데기뿐.

몇 년 전의 나는
며칠 전에 부서져버렸고,
이렇다 할 나는 아직 없다.

굳이 나에게 가자면
이쯤에서 길을 잃은 셈.
닿아야 할 곳 없는 길이 가장 멀어
이러지도 저러지도 못한 곳에 나를 부려놓고
가만히 들여다본다.

보면 볼수록
보잘 것이 없다.

다가갈수록 연기처럼 사라지는 건
어쩌면 본디 나가 없기 때문.

나에게 가는 길이
가장 멀다.

활터에서 춤추다

활은 원리가 춤 같다고 생각했는데
4월 한껏 물오른 바람에
나무들이 흥을 못 이겨 춤춘다.

설자리 옆의 플라타너스가 던진 육중한 탄력을
무겁의 버드나무들이 받아 초록빛 비늘을 와아 뒤집고,
마을 어귀를 지키는 팽나무가 천수관음처럼
먼 산의 파릇한 영혼들에게 율동을 넘긴다.

그 새를 못 참은 나무들이
저만의 신들림으로 뿌리까지 움작거리며
여기저기 서서 덩실거린다.

나도 덩달아 죽머리를 더덩실 추키면
화살이 둥그런 춤사위로 날아오른다.

한껏 물오른 4월 바람에 몸을 맡겨
나무들과 한 바탕 초록빛 춤을 추는
활터의 한 나절.

구름도 거북이처럼 느릿느릿 춤을 춘다.

미운 놈

활터에도 미운 놈은 꼭 있다.
활로 쏴죽이고 싶다.
하지만 그에게는
내가 그런 미운 놈일 것이다.
내가 그를 미워하는 것처럼
그에게도 그러는 무슨 사연이 있을 것이다.
잘 난 체하고 싶은 순진한 마음
뭔진 몰라도 세상을 정복하고픈 마음
안 될 걸 알면서도 돈 좀 우려 보려는 어리석은 마음
아니면, 괜히 심술 나는 마음.
그런 것이 독이 되어 저도 모르게
선불 맞은 멧돼지처럼 저럴 것이다.
그래서 미워하는 사이
나도 점점 그를 닮아가는 것이리라.
그러니 내 활의 과녁은
그놈이 아니라
바로 나다.

빛

활은
나를 넘어야 하는 운동.

활의 문을 열고 깊이 들어가 보면
뜻밖의 내가 나타난다.
내 안에서 맞닥뜨린 나를 뚫고 나가면
거기 한 마당이 나타난다.

각자 저를 뚫고 온 한량들이
한 곳에서 만나는 때가 있다.
너도 나도 없는 곳에 흥이 넘쳐
모든 움직임이 춤사위가 된다.

가끔 활은
자신을 통과해야 하는 문이 된다.
그 문을 열면
과녁 뒤에 숨겨진 천년의 빛이
폭죽처럼 하늘을 수놓는다.

오늘도

활을 연다.
문을 연다.
나를 연다.

새 2

어제는 활터에 큰 새가 날아들었다.

컨테이너 덮은 햇빛 가림막보다 더 큰 날개를 퍼덕이며 풀밭에 내려앉아 화살도 무서워하지 않고 뭐라고 꽥꽥거리기에 살펴보니 법주사 대웅전 치미만한 주둥이를 팔뚝만한 삼바로 채워놓았다. 재갈을 풀어주자 천둥소리 지르며 날아올라 전투기 편대처럼 치솟고 맴돌고 공중제비하고 곤두서는 재롱을 한참 떨었다. 꾸억 꾸억 꽥꽥.

화려한 공작 꼬리가 시루봉 너머까지 뻗으니 장작개비 같은 나뭇가지 따위엔 앉지 못해 박새둥지 속의 뻐꾸기새끼처럼 공터 풀밭에 옹송그렸다가, 내가 활을 쏘면 무겁까지 따라가서 과녁 맞고 튀는 화살이 땅바닥에 떨어지기 전에 얼른 물어 가져오는 연전동이 노릇을 하였다.

쉴 때는 내 옆에 큰 새대가리를 내려놓고 애드벌룬만한 눈알을 끔벅거린다. 붉은 벼슬 몇 번 쓰다듬어 주다보니 낯이 익었다. 날개 한 쪽이 태풍의 크기와 같고 한 번 날면 구만리장공을 날아올라 북해까지 간다는 그 새. 나비가 되어 떠난 장자에게 붙잡혀 2천년이나 온갖 허접한 상상에게 굴

욕을 당하던 그 새.

내가 그 상상의 재갈을 풀어주자, 오늘 한 나절 놀다가 활터 풀밭을 박차고 쏜살처럼 날아올랐다. 나도 따라갈까 말까 잠시 망설이는 사이 허공 속으로 아득히 사라졌는데, 어쩌다 마음 한구석 구겨진 날 저녁이면, 노을 속에서 붉게 젖은 붕새의 날개를 본다.

활터엔 새가 산다. 시위를 당기면 봉황인지 붕새인지 모를 그 새의 눈동자가 나를 마주본다. 그리고 아득한 곳에서 바람이 분다.

짜장면

5월, 푸르른 면발이
출렁이는 나무들을 휘어 감는 활터에서
점심으로 짜장면을 시켜 먹었다.
인공위성들은 지금쯤 푸른 별을
저만의 면발로 칭칭 동이는 중일 것이다.
면발은 이빨 틈에서 잘게 부서지지만,
면발의 기억은 창자에 남아
한 나절을 꿈틀거리며 내려갈 것이다.

설자리와 무겁 사이에는
씨줄과 날줄이 있다.
화살로 씨줄을 곧게 보내면
바람의 북은 재빨리 날줄을 넣는다.
설자리와 무겁 사이
투명한 베 한 자락 있다.
새들도 이따금 엇박자로 날아들어
순을 거듭할수록 무늬가 아롱아롱 새겨진다.

잠시 들른 어린 아이들도
활과 화살로 튼튼한 추억을 짜고 간다.

도막난 짜장면 면발이 기억을 떠나도
내가 짠 베는 시간의 증거로 남아
누군가의 추억을 펄럭이며
먼 훗날 짜장면처럼 배달될 것이다.
추억을 초록빛으로 물들이며
짜장면 먹는 활터의 한 나절.

3중례

1순(巡) 5발 중
처음으로 3발을 맞춘 한량이
3중례를 한다고 팔보채를 시켰다.
젓가락으로 집어올린 꼴뚜기에서
바다의 고단한 뒤척임 소리가 들린다.
혀만을 남겨놓고 사라진 조개껍질에서도
황해 바다가 짜디짠 물소리를 들려준다.
징검다리 셋을 디디고 다섯을 거쳐서
무한히 넓은 바다에 이를 것이다.
시작도 끝도 없는 우주보다 더 넓은 바다.
바다는 뭍의 끝에만 있는 것이 아니라
활터 어느 곳이든 있어 넘실거린다.
출항지로 돌아올 수 없어
자신을 삼키고도 남을 거대한 바다.
모든 파도를 잠재우는
제 안의 섬을 찾기 전까지는
끝없이 흔들려야 한다.
오래 출렁여온 선배 한량들과 함께
뒤끝 없는 옌타이 고량주로 축배를 들고
오늬바람 부는 설자리로 나선다.

비정비팔로 선 발끝의 모래톱에서
물살이 하얀 물거품을 일으키고,
먼 수평선에 붉은 해가 걸린다.

활터에서 나는

활터에서 나는, 잘 맞추고 싶지 않다.
주몽이 나오고 이성계가 나오고 정조가 나왔는데
그들보다 한두 발 더 잘 맞춘들 무엇 할 것인가?

활터에서 나는, 잘 나고 싶지 않다.
그저 중간쯤 되어 아무도 눈치 채지 못하게
꼴찌도 일등도 아닌 곳에서 꿀맛 같은 활을 쏘고 싶다.

활터에서 나는, 튀고 싶지 않다.
시수도 어중간, 출석률도 어중간
남의 눈밖에 난 곳에서 나만 아는 활을 쏘고 싶다.

활터에서 나는, 오래 살고 싶다.
늙은이들 다 죽고 내가 늙은이가 된 뒤에도
나보다 더 젊은 놈들 부고 소식을 들으며 씨익 웃고 싶다.

활터에서 나는, 처세술을 터득하고 싶다.
신기한 듯 장수의 비결을 묻는 젊은 것들에게
어정쩡한 자리 잡기가 양생의 보약이라고 슬쩍 말해주고
싶다.

활터에서 나는, 활만 쏘고 싶다.
남들 앞에 나서서 날아드는 화살 다 맞기보단
모든 눈총이 투과하는 경지에 이르도록 활만 쏘고 싶다.

으하하하. 생각할수록 고소하다.
마음과 몸에 이런 갑옷을 단단히 입고
활터에 갈 때마다 깨소금 냄새 풍기고 싶다.

또 다른 나

활을 살피면 활에 속고
살을 살피면 살에 속고
바람을 살피면 바람에 속고
설자리를 살피면 자리에 속는다.

수도 없이 만들어낼 수 있는
모든 남 탓을 내려놓을 때
활은 그제야 완성된다.

완성된 활에는
활도 없고
살도 없고
바람도 없고
자리도 없다.

아무것도 없는 그곳에서
'나' 홀로
또 다른 나를 기다린다.

습사무언

활터에서 혼자 활을 쏘는데,
손님이 찾아온다.
통성명을 하고 이런저런 얘기를 나눈다.
그러는 입에서 나오는 말을 잘 살펴보니
나나 손님이나 제 자랑 아니면 남 욕이다.

온종일 욕을 당하는 과녁도 말이 없고
살 맞고 튀는 무겁의 모래알들도 말이 없고,
살받이 노릇하는 토성도 말이 없고
날마다 뜯기는 풀들도 말이 없다.
심지어 흔들리는 나무들도 말이 없다.

저것들은 입이 없으니까 할 말도 없겠지?
하고 합리화하다가 한 발을 불쏜다.
입 없는 화살이 입 달린 생각을 벌준다.
조금 전 같이 떠든 손님은 멀쩡한데
나 혼자 벌 받는다.

고전

고전(告傳) 가림막 옆에
커다란 플라타너스가 서있다.
작년에 절반가량 가지가 잘려
올해는 몸통의 절반만 초록 승복을 걸쳤다.

내 화살이 줌앞으로 떨어지면
파란 깃발 일제히 들어 그쪽을 가리킨다.
과녁을 넘어가면 파란 손은 하늘로 추켜올린다.
심지어 관중을 하면
과녁 앞까지 성큼성큼 걸어 나와
한바탕 지화자 먹중 춤을 춘다.

다른 한량들이 나타나면
언제 그랬냐는 듯이 제 자리로 얼른 돌아가
옆구리로 날아가는 화살들을 빤히 쳐다본다.
한 번은 한 한량이 엉뚱한 방향에서 나타나는 바람에
나무가 미처 제 자리로 돌아가지 못하고
과녁 바로 옆에서 한 나절이나 서있던 적도 있다.
다른 한량들의 눈에는 그게 안 보이는지
아무도 플라타너스의 춤사위를 눈여기지 않는다.

사람들이 모두 돌아간 활터에서
나무가 오늘도 내 살줄에 맞추어
초록빛 깃발로 고전을 본다.
이쪽저쪽 둘이서 덩실덩실 맞춤 춘다.

백발백중

몸이
나사처럼 조여질 때가 있다.
조일 대로 조여진 몸이
점차 사라진다.

방금 전에 들리던 새소리도 사라지고
무겁에 그림자 떨구는 경비행기 소음도 사라지고
주변의 풍경도 지워지고
시위를 당긴 나도 사라진다.

다 익은 과일이 바람을 핑계로 툭 떨어지듯
때가 되면
알아서 떠나가는
화살!

잡초

떨어진 화살을 주울 때마다
그 옆의 풀들도 하나씩 뽑는다.

그래도 무덤의 풀은 날로 무성해진다.

나의 활쏘기

장수바위터 무겁 옆에는
전시용 큰 비행기가 2대 있다.
활터 찾는 꼬마 손님들에게는 내 자가용이라고 말한다.
반신반의하는 아이들의 눈길 가는 쪽에서
한 때 하늘을 누볐지만 이제는 고요를 승객으로 태우고
소멸을 향해 추락하는 중.

내 활의 목표는 과녁 맞추기가 아니다.
그러면 뭐 하러 활을 쏘느냐고 묻는다.
나에게 이르기 위해서, 라고 답하고 싶지만
들어줄 귀가 없는 말이므로 입을 닫는다.

저를 버려야만 얻는 것이 있다.
멀어져야만 가까워지는 것이 있다.
멈추어야만 움직이는 것이 있다.
닫아야만 열리는 것이 있다.

얻으려면 버려야 하고
가까워지려면 물러서야 하고
움직이려면 멈추어야 하고

열려면 닫아야 한다.

과녁 하나만 덩그러니 남은 활터에
누가 저 승객 없는 비행기를 갖다놓을 생각을 했을까?
나는 과녁을 버린 지 오래지만,
비행기는 오늘도 고요를 한 가득 태우고
몇 걸음 밖의 과녁을 향해 조금씩 돌진한다.
활의 모든 것이 과녁 속으로 빨려든다.

죽시

죽시는 유혹이다.
대회를 앞두고는 꼭 한 번 고민한다.
충격 덜한 죽시를 쏠까?
바람 덜 타는 카본 살을 쏠까?

나를 위한 활쏘기를 하자고 다짐해도
내일 있을 성적이 은근히 유혹한다.
그깟 상장 종이 한 장일 뿐인데도
한 발만 더 맞았으면 하는 마음이 굴뚝같다.

정작 대회 날에는 카본 살도 별 수 없지만,
그래도 혹시나 하고는 죽시를 밀쳐둔다.
그깟 성적 아무것도 아니라고 생각해도
대회 전날이 되면 시수의 유혹에 시달린다.

죽시를 잡으면 몸이 편하다.
몸이 편한 대신 마음이 불편하다.
죽시 밖에 없던 시절에는
있지도 않았을 고민을 한다.

깃발

과녁 뒤에는
깃발이 있다.
맞추려는 마음 아직도 남아
바람의 꼬랑지부터 살핀다.

5월의 허공은 눈부신 듯이 빛나고
주변의 나무들도 가만히 있는데
깃발 홀로 이리저리 나부낀다.
그 깃발 따라 내 마음도 살랑살랑 흔들린다.

안바람인데 표를 좀 들어야 하나?
덜미바람인데 낮추어야 하나?
무시해도 될 바람인데도
마음은 깃발 따라 오락가락 한다.

아무도 없는 고요한 활터,
깃발 따라 이리저리 나부끼는 마음과
그것을 물끄러미 지켜보는 내가
묵묵부답으로 서로를 바라본다.

관세음보살

활 1순 다섯 발을 내는데
저절로 쌍욕이 나올 때가 있다.

화살 네 발 모두 코박고
애써 쏜 마지막 1발이 애쓴 그 힘 때문에
엉뚱한 곳에서 모래를 튀길 때다.

활은 마음으로 하는 운동이다.
과녁은 버려야 할 대상이다.
스스로를 돌아보는 것이 활이라며,

달아나는 마음을 다지고 또 다졌건만
이럴 때는 정말 분통이 터져
나도 모르게 욕을 내쏜다.

잘 다스려가다가도
활 한 순에 10년 공부가 무너지는 수가 있다.
마지막 한 발은 그냥 살이 아니라
도로아미타불 관세음보'살'이다.

관중

첫발을 내고 두 발 내는 사이
바람이 바뀌어

네 번째 화살은 기류를 타고
과녁 너머로 홀쩍 날아간다.

설자리 옆 팽나무는 5월 햇살에
형광 빛 연두색을 이쪽으로 팽 쏘고

활터에서 벌어지는 모든 잘못은 너의 것이라고
먼 산의 꿩도 획창을 날린다.

마지막 다섯 번째 발은
바람 무시하고 똥구멍으로 쏜다.

홍심을 맞고 튀는 화살이
땅! 소리보다 먼저 달려온다.

활터와 공사

과녁 하나 달랑 놓인 곳에서 활을 쏘는데
활터 만든다고 일꾼들이 우르르 몰려왔다.
설 자리 시멘트 포장은 뒤로 좀 더 물려달라고 하자
설계 때문에 그게 안 된다고 시멘트를 붓는다.
무겁과 설자리 사이에 흙을 메우지 말라고 해도
설계대로 해야 한다고 덤프트럭이 연신 들락거린다.
메우지 말라고 한 자리엔 나중에 헬기장이 두 개 들어섰다.
헬기 내릴 때는 잠시만 활을 쏘지 말아 달라는 부탁이다.

살이 자주 넘으니 토성을 좀 더 높이 쌓아달라고 하자
이미 정해진 예산 때문에 안 된다고 한다.
연전길은 보도블록이 필요 없다고 하니
설계에는 그렇게 돼 있다고 말한다.
사대 천장이 너무 높아 볕드니 조금 낮춰달라고 하자
설계 때문에 함부로 할 수 없다고 한다.
컨테이너 내부 벽체를 붙여서 들여놓으니
민원 때문에 준공검사 안 난다고 다 뜯어낸다.

활터 만들어준다고 열심히 공사를 하긴 하는데
하면 할수록 활터는 불편하게 변해간다.

완공 날짜를 향해 다가갈수록
완성으로부터 멀어지는 이상한 공사.

이 공사의 완성은 완공 직후 이루어졌다.
공사 생도들이 가끔 와서 주민들 밀어내고 주인 행세한다.
생도들이 동아리 활동 하는 동안 시민들은 활터에 얼씬거
리지도 말라고 한다.

바둑

하느님은
본디 형상이 없다.
성서에도 모세가 묻는 말에
"나는 나다."라고 답했다고 나온다.
형상이 없어도

할 건 다 한다. 심지어
바둑도 둔다. 사대와 무겁 사이
헬기장 듀랄미늄 네모 판자 조합을 바둑판 삼아
화점마다 파릇한 새싹으로 포석을 놓는다.
모두 초록색으로 구별이 안 되니
토끼풀, 억새, 지칭개, 버들강아지 같은 싹으로
피아를 구별하며 바둑판을 채워간다.

하느님은 호흡이 길어
돌 한 번 옮기는데 1년이다. 잡힌 돌을
때로 일꾼 시켜 금방 치워버리는 수도 있지만,
그건 극히 드문 경우다. 대부분
달팽이보다 더 느린 속도로 한 수 한 수 두다보니,
과녁 보러 잠시 들렀다가 쏜살같이 사라지는 사람들로서는 저것이 바둑인지 좀처럼 알아채지 못한다.

하느님의 수는 깊고도 오묘해
저 크고 웅장한 바둑의 구도를 제대로 읽을 수 없다.
잣나무, 플라타너스, 버드나무, 팽나무, 메타세콰이어, 아
카시아
울타리 친 키 큰 구경꾼들의 옆구리를 찔러 보지만
허우대 멀쩡한 초록 손바닥을 뒤집으며
모두들 갸우뚱거리기만 한다.

살 주우러 가다가 잠시 들여다본다.
지칭개 빵따냄한 자리에
버들강아지가 돋았다.
군이 호구에 새 돌을 놓은 저
신의 한 수를 도무지 알 수 없다.

제찍

화살이
화살을 찍을 때가 있다.

살이 살에게 옆구리를 꿰여
살날이에 실려 온다.
통닭 1마리 값이 순식간에 날아간다.

지금까지 서너 차례나
내 살이 내 살을 찍었다.
살들은 왜 꼭 자기 살만 찍을까?
입맛을 다셔본다.

그러다가 최근에야 알았다.
실은, 연전꾼이 같은 표시된 화살로 바꿔 끼운 것임을.
혹시라도 제 살 찍은 사람이 미워질까 봐.

열 길 물속 같은 한 사람의 마음보다
활터는 더욱 깊다.
그 깊이를 좀처럼 헤아릴 수 없다.

억새

무겁 구석에 억새 몇 포기 돋았다.
넝쿨 뻗기 전에 괭이질을 한다.
돋은 잎보다 뿌리는 더 깊다.

화살 떨어지는 과녁에만 신경 쓰는 사이
내뻗은 넝쿨 마디마다 실뿌리까지 내린다.
어, 어, 하는 사이 무겁을 뒤덮는다.

가끔씩 화살을 삼킨다.
억새의 뱃속으로 들어간 화살이
몇 달 뒤 분해된 주검으로 발견되곤 한다.

올해도 캐낸다고 열심히 캐지만
뿌리는 늘 끊기고, 예상 밖에서
느닷없이 파란 촉이 송곳을 내민다.

과녁 밑까지 땅 속으로 기어와서
모래톱을 통째로 삼켜버리는 질긴 억새.
과녁만 남기고 활터의 모든 것을 지운다.

애와 어른

활터에는 늙은이들이 아주 많다.
그런데 하는 짓이
애들만도 못한 사람이 더 많다.

활터에서 몇 년 굴러보니 알겠다.
애는 애로 태어나고 처음부터
어른은 어른으로 태어난다.

어린 애가 자라서 어른이 되는 줄 알았는데,
애로 태어난 것들은 벽에 똥칠할 때까지
평생 애들 짓이나 하다가 가고,

어른으로 태어난 애들은
아이 적부터
어른보다 더 어른스럽게 살아간다.

이렇게 어렵게 결론짓고 나서는 나를 보고
활터 구경 온 꼬마들이 한 마디 한다.
와! 할아버지가 활 쏜다.

새 3

궁방 옆 찔레 울 밑에서
콩새들이 뭔가를 콕콕 찍는다.
인기척에 포로록 날아가는 곳은
개울 건너 덤불숲이다.

휘청이는 메타세콰이어 우듬지에 앉았던 까치는
활터에 올 때마다 까악 깍 인사를 한다.
지난겨울 앞산에서 때까치와 싸우던 까마귀는
곧 만주 벌판으로 돌아갈 것이다.

어디까지 날아가는지 알 수 없지만,
하늘엔 구름이 거대한 날개를 펼쳤다.
적도 언저리에서 태어나
북반구의 제트기류 근처까지 날아갈 것이다.

그러므로 활을 든다.
추켜 올라간 양 죽에서 날개가 돋는다.
이 답답한 태양계를 벗어나 안드로메다까지는 가야 할
날갯죽지 끝까지 힘을 넣는다.

타임머신

과녁 맞추기만 남은 활터에서
옛 사람들 마음으로 활을 쏴보려 하니
타임머신을 타는 일보다 더 힘겹네.

누구나 차던 팔찌가 없어 스스로 만들어야 하고
삼지끈 팔던 여무사들도 없어 스스로 만들어야 하고
암깍지 팔던 장사치들도 없어 스스로 만들어야 하고
획지도 아는 한량이 없어 스스로 써야 하네.

10여년 만에 다시 와본 활터
스스로 만들어야 할 게 너무 많네.

각궁이나 유엽전이라도 쏴볼라치면
멀뚱멀뚱 쳐다보는 궁장이와 살장이에게
옛 활 모양이 그런 이유까지 설명해주어야 하고
화살 굵기며 때깔까지도 그래야 한다고 설득해야 하네.

한복 입고, 팔찌 차고, 삼지끈 끼고, 살수건 차고
옛 사람들 마음으로 활을 쏴보려다
차라리 타임머신을 만들어야겠다고 결심하네.

하인리히 황태자가 구경하던 경희궁쯤으로 돌아갈까나?

49중(中) 끝에 막시를 일부러 빼던 정조 어사 때로 돌아갈
까나?

이태조가 아기바툴 잡던 운봉으로 돌아갈까나?

그도 저도 아니면 아예 활 한 자루로

나라 하나를 세우던 주몽 때로 돌아갈까나?

요즘 활터에서 활을 쏘는 일은

차라리 건국신화를 다시 쓰는 일.

활과 미사일

장수바위터 옆 공원 구석에
전시용 미사일이 있다.
각도와 방향으로 어림 잡아보면
조준점은 연평도나 백령도 어디쯤이다.
각도를 조금 더 낮춘다면
베이징이나 옌타이쯤이 될 수도 있겠다.

온갖 조건을 뚫고 날아가는 것은
내가 120보 밖의 과녁을 쏘는 것과 같다.
이르고자 하는 곳이 내게는 내 안이라면
저것은 적의 심장부 가까운 곳이어서

같은 발상에서 태어나서
전혀 다른 곳으로 걸어온 셈이다.
각도와 방향도 같고
바람도 조건도 같으나
촉끝이 겨눈 곳은 다르다.

살기를 장착한 미사일이 어딘가를 겨눈 동안에도
나는 내 안의 평화에 이르기 위하여

과녁 없는 설자리로 나선다.

활에는 적이 없다.

봄 황학정

목련이 터진 황학정은
봄꽃으로 초토화된다.
인왕산 엷은 쪽빛 하늘이 처마 밑까지 내려오고
강필주 화백이 방금 막 뗀 붓끝에서
무겁의 깃발이 태극물결을 그리자
관중소리 획창이 기왓골을 울린다.

향기는 꽃에서 와
사람 곁에 머문다.

백년이 지나도 변하지 않는 향기가
해마다 봄 되면 목련 따라 피어나고
줌손과 깍짓손 사이 빈 가슴의 숨결은
시위소리 박차고 천년 밖으로 날아간다.

천년 뒤 어느 한량이 찾아낼 목련꽃 그림자 하나
누마루 빛바랜 서까래 끝으로 스며들고
활 부리는 한량의 궁대에 볕 한 순 몰래 넣어둔 뒤
봄은 또 아무 일 없다는 듯
사직공원 쪽으로 빠져나간다.

등과정 옛터 황학정엔
해마다 봄이 찾아와서
천년 묵은 향기를 몰래 풀고 간다.

여름 황학정

구름이 낮게 내려오는 날이면
황학정 용마루가 꿈틀거린다.
그 용트림에 처마 밑에서는
살줄 낮은 햇살이 무겁 쪽으로 쏜살같이 퍼져나간다.
그제야 늦은 아침이 와서
덧문 활짝 열고 여름을 들인다.

가끔 사직공원 입구까지 내려오는
구름은 꿈의 영사막이다.
그 구름 속으로 들어가면 무지개처럼
편을 가른 무사들이 설자리에서
날 개이면 사라지는 학춤을 한가지로 춘다.
그럴 때 인왕산 용골이 같이 춤추며
온산을 떠메고 백 년 전으로 돌아간다.

황학정 용마루에서 부서지는 빗방울은
꿈의 조각들이다.
한 번 젖은 사람들은 다시 젖어드는
구름의 마법이 아직 남아
기왓골마다 방울방울 비늘 떨구며

남은 제 꿈을 보여준 뒤 여름은
무더위를 데리고 인왕산 등성이를 넘어간다.

등과정 옛터 황학정에는
해마다 여름이 찾아와서
천년 용의 오색 바람을 구름 속에 펼쳐놓고 간다.

황사

몽골 어름에서 떠오른 모래가
중국의 스모그까지 품고 와서는
코앞의 시루봉을 뿌옇게 개칠해놓았다.

부렸던 활을 얹고
허리춤 궁대에 화살 한 순(巡) 차고
사대로 나선다.

과녁은 더없이 또렷하다.
사전(射箭) 굴기를 시작한 중화의 꿈이
바야흐로 황해 바다를 건너온다.

시위 떠난 화살이
소용돌이치는 뿌연 하늘을 지나
무겁에서 모래를 튀기는 사이

소수민족에 남은 활들 모아 대회를 벌이고
한국과 일본의 고만고만한 학자들을 불러다가
예사(禮射) 국제학술토론회를 연다.

한중 수교 30년이 지난 오늘,
바다를 건너간 것들은 하늘을 까맣게 뒤덮은
화살이 되어 이곳으로 날아든다.

홍심을 때린 화살이
텅 빈 골짜기를 울리며
황사 뿌연 하늘로 솟는다.

화살 떠난 내 몸 속에는
아무도 가보지 못한 푸른 대륙이 있어
지금도 주몽이 그의 벗들과 함께 달려간다.

발가락

몸에서 가장 멀리 떨어져
꼬락내를 풀풀 내는 발가락.
지저분한 곳에서 고생은 도맡아 하는 발가락.

활을 쏘다 보면
가장 낮은 곳에 놓인 발가락이
가장 높은 존재임을 알게 된다.

9층 돌탑으로 치면
바닥에 처음 놓는 귓돌,
그것 하나 삐딱함으로 9층 전체가 와르르 무너진다.

발가락 하나 조금만 덜 밟으면
속이 텅텅 빈 허우대가 된다.
쏘나마나 한 활이 된다.

시위를 당길 때 지그시 눌러주는
사소한 동작 하나로 활을 가득 채우고
나비처럼 가벼운 궁체를 완성하는 발가락.

활을 쏘다 보면
발가락이 활쏘기의 모든 것이 된다.
정성으로 떠받들어야 할 하느님이 된다.

손가락

스치는 바람에
건반처럼 흔들리는 나뭇잎들
뿌리부터 올라온 반동임을
활을 쏘며 안다.

발바닥부터 고요히 차오르다
손가락 끝에서 눈 깜짝할 사이 터지는 힘,
그것만이 바람을 뚫고 과녁까지 살이 가는 것임을
가득 채워진 불거름을 통해 안다.

나무는 잎사귀를 살랑거릴 뿐이지만,
발바닥에서부터 차오른 기운으로
온몸이 풍선처럼 부풀다 마침내 손끝에서 터지는 것임을
태풍에 휩쓸려도 다시 서는 나무를 보고 안다.

뿌리부터 분수처럼 올라온 물로
사락 사라락 나무가 바람의 건반을 친다.
발바닥부터 달처럼 채워진 시위동 안을
줌손과 깍짓손이 나비처럼 퉁긴다.

어깨동무

어떤 날은
발이 무릎까지 땅속으로 잠기는 수가 있다.

그런 날은
숨결이 지구 중심까지 내려가
핵의 뜨거운 열기까지도 느껴진다.

무겁의 모래톱에 잘못 박힌 애기버들
땅위로 자란 부분보다 뽑힌 뿌리가 더 길어
저들도 지구의 중심을 향하고 있음을 안다.

나무들은 발이 없어 돌아다니지 못해도
지구와 한 호흡을 하는 중이니,
저들도 나처럼 저만의 활을 쏘는 중.

발이 무릎까지 뿌리박는 날에는
활터 주변의 나무들이 푸른 어깨동무다.
발가락을 땅 속 깊이 밀어 넣으며

나와 더불어 지구 중심에 이를
깊고 깊은 숨결을 나눈다.

벌

코끝의 향기를 따라가니
온 두메에 아카시아 꽃이 가득 피었다.
골짝을 채운 멧비둘기 울음 사이로
벌들의 날갯짓 소리가 붕붕붕 떠다닌다.

향기는
꿀을 알리는 꽃들의 고요한 폭죽,
나무는 가장 아름다운 순간을 열어 꿀을 내주고
벌 나비 따라서 영원까지
자신의 생명을 이어간다.

씨앗들이 낙하산을 타고
뿌리 내릴 곳을 찾아 떠도는 설자리에
오늘도 사람들을 불러 모으는
활터는,

향기가 있다.
그에 취해 벌 나비처럼 모이는 한량들에게
불거름의 꿀을 내주며
천년 흘러온 활이

또 다시 천년을 향해 굽이쳐간다.

활터에 서면
어디선가 향기가 흘러나오고,
나도 모르는 투명 날개가 죽머리에 돋는다.
꿀 묻은 화살은 영원까지 날아간다.

변인

화살이 과녁에 맞을 때마다
도장을 찍는다.
'변'(邊)이라고 새겨진 빨간 글씨가 립스틱처럼
획지에서 빛난다.

표시만 나도록 대충 찍을 수도 있지만,
불 쏜 것도 관중한 것도 온 힘을 다한 결과이니
다음 순을 위해서도 될수록
인주를 듬뿍 묻혀 또렷하게 찍는다.

획지의 순서대로 하나하나 찍어가다 보면
어느 날은 획지에 매화꽃이 핀다.

마음을 비우고 몸을 채워,

한 발이 날아가는 순간의 완성으로
한 순까지 완성해야 겨우 피는 매화꽃.

빈 마음이 몸을 채운 화살을 헤아려
오늘도 '변' 도장을 하나하나 찍는다.
흰 종이 가득
매화꽃을 채울 때까지.

다섯 손가락

열 손가락 깨물어 안 아픈 놈 없다는 말
화살을 보니 알겠다.
날마다 꺼내 쏘는 10발,
살마다 성질이 다 다르다.

똑같이 쏘는 데도
어떤 놈은 앞나고,
또 어떤 놈은 뒤나고, 짧고, 넘고 하여
다들 제 성질대로 날아간다.

대충 쏴도 들어가는 놈이 있는가 하면
공들여 쏴도 심통 부리는 놈이 있다.

획지에 매화꽃을 연신 피우는 일은
자식 걱정 한 번도 안 했다는 부모의 말과 같아
어쩐지 거짓말처럼 여겨지기도 한다.

과녁 대신 모래를 찍고 온 화살들을 모아
어디가 문제일까를 살펴본다.
손가락 하나하나 깨무는 심정으로.

활터에서 춤을

활터에서 춤을.
과녁만 맞추려 들지 말고
과녁과 함께 춤을.

활터에서 춤을.
화살 탓 하려 들지 말고
화살과 함께 춤을.
바람 탓 하려 들지 말고
봄바람과 함께 춤을.

활터에서 춤을.
남 욕 하려 들지 말고
한량들과 함께 춤을.
자랑 하려 들지 말고
푸른 나무와 함께 춤을.

활터에서 춤을.
바깥을 보려 들지 말고
내 안의 나와 함께 춤을.

허릿심

화살도
사람도

허릿심이 좋아야
힘차게 날아간다.

화살의 허릿심과
사람의 허릿심이
불거름에서 만나

세상의 중심을 찍고
과녁으로 가는
허공의 길을 연다.

허릿심이 좋아야
오색바람을 뚫는다.

사람도
화살도.

꽃 차례

꽃다지와 냉이가 꽃을 거두자
토끼풀, 지칭개가 꽃을 피운다.
망촛대, 엉겅퀴가 곧 터뜨릴 꽃망울을 횃불처럼 치켜들고
설자리 앞 맨흙 바닥으로 찾아들었다.

화살이 떠가는 허공 아래선
꽃들이 한 차례씩 와르르 밀려왔다 몰려간다.
달의 지휘를 받는 밀물과 썰물처럼
나날의 지휘봉 놀림 따라 풀밭을 차례로 쓸고 가는 꽃들.

고개 들면 활터 밖에선 나무들이
차례대로 꽃을 피우고 썰물처럼 빠져나간다.
산수유, 진달래, 개나리, 철쭉, 아카시아 …
꽃들은 저 홀로 피는 것이 아니다.
누군가의 지휘로 피고 지듯이

내 활 또한 그러하여 차례대로 날아간 화살들이
시지에 매화꽃을 그린다.
활터의 꽃들이 모두 물러간 겨울에도
내 안에서는 매화가
선홍빛 꽃망울을 터뜨린다.

비행기

활터가 들어서기 오래 전부터
공원에는 비행기 2대가 놓였다.
군용 수송기와 '대한민국' 여객기.
서로 등지고 정반대로 날아가는 중이다.

꽁무니에 투명한 줄 엮어 줄다리기하는 것도 같고
군과 민의 길이 애시당초 다르니
각자 제 길 가기로 작정하고 틈을 좀 더 벌리려는 것도
같고
서로에게 에라잇! 방귀를 뀌어대려는 것도 같다.
그러다가도 문득 고요한 정물처럼
움직임을 멈추고 시간 따라 삭아간다.

사람들은 비행을 멈췄다고 하지만,
내 보기엔, 콘크리트 바닥에 붙은 지구를 움켜쥐고
광막한 우주 허공을 날아가는 중이다. 씽씽씽
어디까지 갈지는 알 수 없다.
아이들의 꿈을 승객 대신 태우고
자신의 소멸을 향해 날아가는,

가끔은 조종석 유리창을 우리에게 겨눠
오후 3~4시의 빛을 사금파리처럼 쏘기도 한다.
우리가 눈부서 차마 보지 못하는 사이
어딘가를 잠시 다녀오는 것이리라.

다시 한 번 감정의 앙금이 이는지
비행기 두 대가 꽁무니를 맞대고
멀어지려 조금씩 틈을 벌린다.

수렵도 2

장수바위터에 선다.

설자리에 서서 내가 돌아가야 할 곳은
유목의 피가 들끓는 드넓은 풀밭.
비굴한 조선의 텃밭을 지나
답답한 고려의 울타리를 지나
옹색한 신라의 산과 들을 지나
시뻘건 강물의 목구멍 속으로 침략자들을 쓸어버리던 큰
물결 어디.

설자리에 서서 내가 바라보는 곳은
과녁 뒤로 펼쳐진 광대무변의 들판.
말위에서 태어나
말위에서 살다가
말위에서 죽는다는 전설이
푸른 바람의 갈기를 세우고 지평선까지 달리는 곳 어디.

설자리에 서서 내가 내다보는 곳은
철기부대처럼 밀려오는 검은 구름의 끝.
아무르, 고비, 요동벌, 오호츠크까지 거칠 것 없던 광개토

의 깃발 아래
  삼각궁의 뼈고자 시위가 우는살을 제대로 울리던 기압골 어디.

  설자리에 서서 내가 꿈꾸는 곳은
  자작나무 춤추는 가지가 가리키는 하늘 끝.
  군신 되어 하늘로 떠오른 대무신왕이 거루의 안장에 올라
  부정, 괴유, 마로, 을두지 같은 영웅호걸들을 이끌고
  부여와 한 바탕 샅바를 잡아끌던 비류수 어디.

  설자리에 서서 내가 가늠하는 곳은
  한 철 죽은 나뭇가지 끝의 까마귀가 봄 따라 날아가는 곳.
  혈혈단신 주몽이 꿈 없는 땅에서
  세발까마귀의 날갯짓 따라 아리수를 건너고
  스스로 불타는 약속을 만들어가는 홀부리재 어디.

  설자리에 서서 나의 죽지가 바람을 불어오는 곳은
  바이칼 푸른 바다가 넘실대는 부리야트 언덕.
  배달의 임금이 삼부인 받들어 풍백, 운사, 우사를 이끌고
  신들의 푸른 왕력을 세우던 아사달 어디.

어느 날 장수바위터의 설자리에서
까마득히 잊힌 꿈의 조각들이 다시 나타나
청춘의 죽지에 푸른 반점처럼 새겨진 쪽빛 설계도를 펴고,
무덤 밖 하늘 도화지에 활을 쏘아 올린다. 그물처럼 펴진
밤의 좌표에는 가없는 시간이 흐르고
옛 무덤 벽화에 새겨진 꿈들이 4신도에서 막 몸을 빼낸
싱싱한 짐승들을 타고 날아간다.
영겁을 향해

잠시 사라졌던 북극성이 빛난다.

수렵도 3

꽉 다물린 활을
깍짓손이 열자,
2천년 잠긴 꿈들이 쏟아져 나온다.

발시 직전 벽화 속에서 멈춘 ㄷ자 각궁을 꺼낸다.
벽면이 우수수 부스러지며 활을 게운다.
허릿심 탄탄한 우는살을 그림에서 떼어 시위에 메운다.
짐승들의 꽁무니를 쫓던 휘파람 소리가 울고도리 속으로
돌아온다.
가라말의 등자를 질끈 밟은 안장에 올라탄다.
바람이 금세 푸른 갈기를 세우는

나는 나의 푸른 들판에 무지개를 그린다.
산들이 말발굽 밑으로 획획 지나가고,
겁먹은 범과 사슴이 골짜기로 내뺀다.
둥글고 빛나는 그 하늘 속으로,
청룡 백호 주작 현무가 우르르 따라오며
바닥에 납작 엎드렸던 젊은 날들,
그늘 밑에 깔려 접힌 시간들을 하나하나 일으켜 세운다.
나의 푸른 들판에서는

오직 달릴 뿐

뒤돌아보지 않기로 한다.
동굴 속에 웅크렸던 시간을 용수철 삼아
박쥐의 기억과 해골빛 추억들,
멀어지는 뿌연 먼지 속으로 모두 던져버리고

나는 달린다.
다시 천년 뒤 누군가 무덤 벽화 속에서
내가 그린 무지개를 끄집어낼 때까지,

나는 그린다. 바람같이 달리는 말 위의 사내가
달아나는 범과 흑백의 산들 위로
구름처럼 떠오른 하얀 노루궁뎅이를 향해
죽머리 젖혀 활 겨눈 우렁찬 그림을

나는 그린다.
내 젊은 날의 수렵도.

나팔꽃

살가림막 옆
메마른 무겁 바닥에
나팔꽃 한 송이 피었다.

나팔 같은 꽃잎은,
담자는 것인지 뿜자는 것인지 잘 알 수 없지만
떨어지는 화살을 받아내기라도 할 듯이
연분홍 나팔을 하늘로 치켜들었다.

옛 기록에는
고전꾼이 나팔을 썼다는 말이 없다.
하지만 기록이 없다고
나팔 불지 말란 법도 없으니,

무겁 모래톱에 나팔꽃 핀 뒤
어떨 때는 화살 튀는 과녁에서
나팔 소리가 뚜따따따 나는 것도 같다.

오늘도 혼자 시위를 당긴다.
나팔꽃 같은 과녁의 구멍 속으로
화살이 벌처럼 날아든다.

천수관음

초록 옷 입고
바람의 장단에 춤추는 나무를 보면
그대로 관음보살이다.

참새, 때까치, 딱따구리, 비둘기들
잠시 쉬어가는 너그러운 품이 되었다가,
멍 하니 바라보는 한량에게도
초록빛 손바닥을 흔들며 인사한다.

어디 그뿐인가?
갈 곳 잃은 마음이 구겨진 종잇장 같을 때
천 개의 눈빛으로 쓰다듬어 준다.

가만히 선 자태만으로도
바라보는 이에게 위안이 되는,
그래서 부처는 죽은 뒤에도 딱딱한 껍데기를
절간마다 남겨둔 것인지 모르겠다.

초록 옷 보살들이 시방에서
날더러 춤 한 번 추자 한다.

싱그러운 바람에 몸을 맡겨
해탈 한 번 하잔다.

그러면, 기꺼이 춤추어야지.
잠시 놓은 활을 들고
설자리로 나선다.

에어쇼

장수바위터의 쪽빛 하늘에서
전투기 편대가 공중 쇼를 한다.

알록달록 연막탄을 몽당연필 삼아
돌고, 비틀고, 가르고, 뒤틀다가 오색 부챗살을 펼친다.
하트에 큐피드의 화살을 꽂고
거대한 태극무늬로 대미를 장식한다.

시위를 당기기 전
채 가시지 않은 하늘에서 눈을 떼어
내 안을 들여다본다.

쪽빛 하늘보다 더 큰 허공이 있다.

마침내 눈 뜬 화살이 가야 할 곳은
내 안의 저 하늘.

의자

활터에 의자가 하나 있다.

김종욱 접장이 공원에서 갖다놓은 긴 의자.

혼자 들 수 없어서 윤병선 접장과 함께 들고 온 의자.

활 한 순 쏘고 쉬는 한량들의 엉덩이를 기꺼이 받든다.

주물 다리에 악보의 높은음자리표가 크고 삐딱하게 그려진 의자.

이리저리 옮겨지지만, 어디에 놓이든 그 자리에 꼭 있어야 할 것처럼 보인다.

아무도 없을 때는 지구보다 더 큰 허공을 혼자서 떠받든다.

바람이 스쳐가도 가만히 있고, 다리 밑에서 거미가 우산살을 펴도 가만히 있는다.

중간에 박힌 나무옹이는 소용돌이의 눈 같아서 할일 없이 끄적거리는 한 사람의 상상력을 이리저리 튕겨준다.

한참 쉬던 한량들이 해갑순(解甲巡) 하러 우르르 일어선다.

허공이 대신 앉아서 제 속을 훑고 가는 화살들을 살펴본다.

장수바위터에는 어디에 놓이든 그 자리에 꼭 필요한 의자가 있다.

과녁

나무는 춤추고 싶으면
바람을 불러 온몸을 출렁인다.

하늘은 한 가지 색이 지루하면
구름을 불러 온몸에 수놓는다.

깃발은 잊힐까 싶으면
누군가를 향해 온몸을 나부낀다.

꽃은 외로우면
벌 나비를 불러 제 빈 곳을 채운다.

바람은 제 발바닥을 보이고 싶으면
풀밭을 불러 종종걸음 친다.

마음은 비었다 싶으면
사물을 불러 온갖 꿈을 지핀다.

사람은 외롭다 싶으면
남을 불러다 저를 지운다.

우리는 늘 무엇이 그리워서
무엇이라도 될 과녁을 찾는다.

과녁은 저물녘까지 외롭다가
화살을 불러 온몸의 고막을 울린다.

또 다른 세상

초록 도포 입고 양반춤 추는 무겁 옆의 나무는
과녁에 집중한 사이에 문득 사라진다.
과녁을 빠져나오면 이번에는
보란 듯이 날개 벌려 학춤을 춘다.

과녁 속으로 한 번 더 들어갔다 나오면
하늘에서 비행기 소리가 내려온다.
노랑나비는 저보다 더 작은 망초 꽃에 매달리고
종달새는 노란 참외처럼 허공으로 던져진다.

5감으로 빚어진 세상을
벗어나는 구멍이 과녁 속에 있다.
그 속으로 끝까지 들어가면
설자리의 내가 과녁 속의 나를 겨눈다.

내가 나에게 오가는 그 길가에
꽃 피고,
새 울고,
바람 불고,
구름 떠간다.

하여,
청산은 푸르고
냇물은 흐르고,
과녁은 길모퉁이에 있다.

숨 한 번 고르고
다시 활시위를 당긴다.
세상 밖의 또 다른 세상에 이르기 위해.

비단

무겁과 설자리 사이 개망초 꽃 가득 피어
바람 불면 커다란 비단이 출렁출렁 물결친다.
하느님이 짠 저 고운 수틀은

보는 이마다 달라서
풀깎이로 밀어버리자고 하고
코스모스를 심자고 하고
밭을 갈아서 푸성귀라도 심자고 한다.

저 비단에 어떤 손질을 더하든
하느님의 명작을 찢는 짓이 될 듯하여
나는 반대라고 말하고 싶지만,
이런저런 의견들도 하느님의 심부름 아닐까 하여
내 입을 닫는다.

화살이 무겁까지 날아가는 사이
까맣게 잊히는 신의 그림 한 장
활 바탕에 깔려 바람 불 때마다 펄럭거린다.
그 귀퉁이에 나 혼자 낙관처럼 박혀
저녁노을 벗 삼아 활을 쏘는 중.

나비 깍지

앞, 풀밭엔
노랑나비

뒤, 살꽂이엔
호랑나비

설자리엔
나비 깍지

화살은
벌처럼 날고.

고요

바람 한 점 없는 날에는
빗나간 화살에 핑계거리가 없다.

수많은 잎을 한 장도 움직이지 않은 채
플라타너스는 뿌리를 땅 속으로 더 뻗고
전시용 미사일의 촉은 목표점 더욱 또렷하다.

멧비둘기는 떨어지지 못한 잎새처럼
삭은 가지에 붙어있고
나무는 어깨에서 내려오는 그 무게만큼
발가락을 좀 더 고요의 밑바닥으로 내뻗는다.

비정비팔로 선다.
실뿌리 돋는 발밑에 묵직하게 와 닿는,

고요에는 바닥이 없다.

연전길

살 주우러 가는 길
망촛대가 달걀부침을 살랑살랑 흔든다.
개울 가득 억새도
살날이 줄 바깥에서 고개를 갸웃댄다.

하늘 길 가던 왜가리 잠시 고개 돌리고
무더운 가뭄 끝에 선 플라타너스
제 손의 초록 부채를 펄럭펄럭 부친다.
첫물 고추잠자리들 어서 오라고
연전길 끝의 노란 깃발이 나부낀다.

한 걸음에 살랑살랑
두 걸음에 갸웃갸웃
세 걸음에 펄럭펄럭

걸음마다 열리는
동화 속 세상.

굽지도
곧지도 않은 길 따라
살랑살랑 살 주우러 간다.

사이

망초 꽃 초록 비단에
빨간 고추잠자리 점점이 박혔네.
공원벤치엔 빨강 노랑 두 할머니 정물처럼 놓였고
하늘엔 비행기 소리 구름을 몰고 다니네.

작년에 갔던 여름은 다시 와서
닮은 듯 다른 듯 나뭇잎을 쓸고
나는 작년과 똑같이 나무 의자에 앉아
봉지 커피의 단맛과 씨름하네.

이만큼 오고 나니,
저만큼 남았네.

무겁과 설자리 사이
연전길 실패 삼아 투명한 시간 칭칭 감기고
활과 시위 사이 벌어진 틈을 차고
화살이 연어처럼 용문으로 숫구치네.

간 것들은 다시 와 가던 곳으로 또 가고
간 것과 가는 것 사이에

초록비단 한 겹 더 촘촘히 짜여

팽팽해진 저 융단 타고 알리바바처럼
나는 지금 어디론가 날아가는 중.

달팽이

달팽이 한 마리
제 집을 등에 지고 천천히 기어간다.
가을걷이 끝난 허허벌판으로
지게 관 지고 나가는 활량 같다.

뙤약볕 바닥을 땀 뻘뻘 흘리며 기어가지만
결국 닿아야 할 곳은 제가 지고 온 그곳.

내가 지고 온 과녁을 향해
긴 나그넷길 나서는 아침,
연전길에서 만나는 길동무 하나
나보다 더 먼 길을
나보다 더 천천히 간다.

달팽이 시

'달팽이'라는 시를 쓰다가
화살 주우러 간 사이
종이가 날려 물 고인 바닥에 빠졌다.

잘 난 체 그만 하라는 하늘의 뜻인가 하여
흠뻑 젖은 시를 주워 쓰레기통으로 가다가 다시 생각한다.
어쩌면 시 한 편 더 써보라는 뜻은 아닐까?

그래서 이렇게 쓴다.
'바람이 버린 시를 물웅덩이가 읽으니
그 눈동자 속에 당신이 있다.'

득중정*

설자리도 없어지고
과녁도 사라져
터만 덩그러니 남은
득중정(得中亭).

과녁이 사라진 곳이
우주의 중심이라고,
저녁 햇살이 멀리서
날아와 박힌다.

살대가 사라진 뒤
거기 남은
화살 촉 하나
나.

* 득중정 : 정조가 화성행궁 때 쏘던 수원 화성의 활터.

탁란 후

연전 길
뱁새 부리에
잔 벌레들 여럿 물렸다.

둥지에 제 몸보다 훨씬 더 큰 뻐꾸기 새끼라도 기다리는
걸까?

부리에서 자꾸 달아나는 벌레들 쫓아
이리저리 콩알처럼 뛴다.

품안엣자식
둥지 뜰 때 무엇이 되든
떠나기 전까지 온 정성을 다하는 것이 어미 마음이니,

화살 다섯 발 한꺼번에 허리에 물고
사대에 서다.

과녁이 짹짹짹
노란 주둥이를 벌린다.

요새

요새는
마음이 활을 버렸다.

활터에 가도
과녁은 보이지 않고
과녁 보는 나를 내가 본다.

활 당겨 만작을 해도
표가 과녁의 어디에 있는지보다
내가 어떻게 쏘는지 더 궁금하다.

화살 떠난 직후에도
허공에 그려진 살줄이 아니라
몸통 뒤로 뿌려진 깍짓손이 보인다.

그러니 요새 내가 쏘는 것은
활이 아니라,
마음이라고 해야겠다.

큰일 났다.
마음이 활을 버렸다.

달팽이

연전길 보도블럭을
달팽이가 지나간다.

2미터 남짓한 너비 건너지 못해
끝내 삶을 내려놓은 놈들도 있다.

설자리와 무덤 사이
땡볕 이글거리는 사막이 있다.

모든 것을 삼키는 과녁의 신기루에서
좀처럼 못 벗어나는 사람들처럼

달팽이 몇 마리
연전길 한 걸음 밖에 끝내 닿지 못한다.

원앙과 금슬

서로 마주보는 것이
꼭 아름다운 관계인 건 아니다.
쏘는 활과 찍힐 과녁이 그렇다.

연전길 옆 수채구녕에 갇힌 원앙 한 쌍을
사람들이 꺼내어 굳이 놓아준다.

털만 뽑으면 고기가 된다고 생각하는 나와
부부 금슬을 상징한다고 여기는 저들이
활과 과녁만큼이나 멀다.

하지만 멀리서 마주보는 활과 과녁이
손뼉을 마주쳐야 완성되는 꿈이 있다.
살기를 버린 둥근 촉 화살이
허공에 반구비로 그리는 매화꽃.

그러므로 원앙이 떠난 수채구녕 옆에서
이렇게 중얼거려야겠다.

활과 살이 원앙 같고

살과 과녁이 금슬 같아
원앙금침에 금슬을 품다!

배꼽참외

어떤 때는 엄지발가락이
발바닥 전체보다 더 크게 느껴진다.
배보다 배꼽이 더 큰

배꼽참외 같은 엄지발가락으로
땅바닥을 꾹 누르면
깍짓손은 몸 뒤로 철퇴처럼 날아간다.
그 반동으로 떠난 화살은
과녁을 삼지창처럼 꽝 찍는다.

활을 쏘다보면
나보다 화살이 더 크게 느껴지는 때가 있다.
화살만 남고 아예 내가 사라지는 날도 있다.
그런 날은 배보다 더 큰 배꼽만 남아
저 혼자 쌔근쌔근 숨 쉰다.

커지는 내 배꼽만큼
가까워지는 과녁도
빨강 배꼽이 풍선처럼 부푼다.
이쪽과 저쪽
두 배꼽이 만날 때까지.

천지창조

활을 쏜다는 건
하늘을 들어 올리는 일이다.
지구를 밟아 누르는 일이다.

아무 것도 없는 태초의 혼돈 속에서
반고처럼
발로 땅 누르고 팔로 하늘 밀어
두 손 사이로
새로운 우주를 드러내는 일이다.

손발을 움직이면
찢어지는 하늘과 땅 사이
저 멀리 드러나는 지평선에서
심장처럼 붉은 해가 떠오른다.

물결

장수바위터에 서면
초록빛 물결이 설자리로 밀려든다.

우중충한 잿빛 감정과
흑백의 문장으로 가득 찬
내 머릿속까지 밀려들어
벽돌 벽처럼 딱딱해진 생각과
철모처럼 단단해진 대뇌피질을 푸른 물결이 간질인다.

초록 물결은 콧구멍으로도 들어온다. 박하 향처럼
가슴속 먼지로 가득한 허파를 초록하게 채우고
배꼽과 사타구니를 지나
땅에 붙은 발바닥까지 내려간다.

그럴 때 내 몸은 헐크나 슈렉처럼
온통 초록빛이다.
화살은 초록빛 힘으로
과녁까지 한 달음에 간다.

장수바위터에서는

밀려드는 물결을 받아
얼씨구 절씨구 초록 빛 헐크가 활을 쏜다.
칠씨구 팔씨구 초록 빛 슈렉이 살을 낸다.

과녁을 잊다

삶의 목적이 뚜렷한 사람들 사이에서
목적 같은 것은 환상일 뿐
삶은 그 자체가 목적임을 깨닫기까지
40여년이 걸렸다.

목적의 '적'은, 과녁이다.
과녁만을 바라보는 한량들 사이에서
활이 다다를 곳은
과녁이 아님을 깨닫기까지
다시 20년이 걸렸다.

과녁 하나만 보면
활쏘기는 오직 맞출 일뿐이지만
과녁 하나만 잊으면
매 순간이 황홀경이다.

과녁 하나 얻어서 모든 걸 잃고
과녁 하나 버려서 모든 걸 얻으니
활 쏘는 나를 들여다보느라
눈앞에 어른대는 과녁을 잊다.

시인의 시론

정 진 명 시집

고원의 최고봉에 서다

정 진 명

1

가끔 전통이 몸서리 칠 만큼 무서울 때가 있다. 형상 없는 전통이 또렷한 모습으로 자신을 드러낼 때다. 사람들은 쉽게 말한다. 전통은 만들어가는 것이라고. 맞는 말이다. 하지만 전혀 맞지 않는 말이다. 맞는 건 무형의 전통이 사람에게서 또렷이 살아있을 때의 일이다. 마련이 달라지고 조건이 바뀌면 전통은 눈 깜짝 사이에 무너지고 끊어진다.

우리가 전통을 중시하는 까닭은 그것이 오랜 세월에 걸쳐 다듬어진 것이기 때문이다. 그런 전통을 다시 세우려면 그 전통이 흘러온 세월만큼 다시 세월이 걸리기 때문이다. 그래서 전통은 끊기는 것을 두려워한다.

1994년 집궁한 나는 우리 활의 전통이 눈앞에서 끊기는 꼴을 보며 25년을 지냈다. 1970년대 개량궁이 등장한 이후, 그 장비에 맞춰 탄생한 반깍지 사법이 활터를 점령했고, 대회 중심의 경기 운영으로 활터의 여러 풍속마저 사라졌다.

이렇게 달라진 모습은 『조선의 궁술』(1929)과 비교해보면 쉽게 드러난다.

만약에 전통을 만들어가는 것이라면 우리는 이 현실을 사실로 받아들여야 한다. 그러나 내가 활터에서 마주친 지난 25년의 현실은 전통을 만들어가는 것이 아니라 전통을 하나씩 버려가는 것에 더 가까웠다. 그 증거가 바로 『조선의 궁술』에서 '봉뒤'라고 한 반깍지 사법의 득세이다. 온깍지 궁사회 주변의 몇몇을 빼고는 온 세상 사람들이 반깍지 궁체이다. 이런 상황에서 전통을 만들어가는 것이라고 한다면, 우리의 전통사법은 반깍지 사법인 셈이고, 그에 따라 불과 90년 전에 선배 한량들이 심혈을 기울여 기록한 『조선의 궁술』을 부인해야 한다.

『조선의 궁술』은 우리 활의 5천년 역사가 담긴 경전이다. 1970년대 이후 40년 동안 뒤집어진 전통(?)으로 지난 5천년의 역사를 틀렸다고 해야 한다. 이렇게 한 것이 과연 우리 시대가 만들어간 올바른 전통인가? 이런 질문이 지난 25년 동안 나를 들볶았다. 그리고 나는 이제 이에 대해 똑 부러진 답을 한다. 우리의 전통은 『조선의 궁술』이노라고!

『조선의 궁술』은 인류가 활을 통해 다다른 가장 높은 산이다. 에베레스트보다 더 높고 마테호른보다 더 깎아지른 봉우리이다. 그곳에 오르기 전에는 앞에 벽만 보이지만 일단 오르고 나면 사방이 탁 트인 하늘 아래 온갖 봉우리들이 머리를 조아린다. 그렇기에 그 수많은 중국 병법서와 사법서의

묘사를 모두 버리고 오직 우리 말 우리 글로 우리 활의 세계를 표현한 것이 『조선의 궁술』이다. 우리 발로 직접 디딘 세계이기에 우리말이 아니고는 표현할 방법이 없다. 중국어로도 안 되고, 일본어로도 안 되고, 영어로도 안 된다. 오직 우리말만이 우리 발로 오른 그 세계를 드러낼 수 있다. 세상의 높다 하는 온갖 봉우리들이 장중한 고개를 들고 서쪽에서 달려와서 내 발밑에서 조아리고 동쪽으로 달려가 무한히 넓은 바다가 된다. 해가 뜨는 그 바다를 향해 나는 오늘도 125cm짜리 짧은 각궁을 가득 당겨 화살을 날린다. 맹자가 말한 호연지기도 이 장쾌한 맛에는 빗댈 수 없다. 이 봉우리에 오른 자가 아니면 어떤 말로도 이 활맛을 전할 수 없다. 이 최고봉에 오른 뒤에 고개를 몇 번 끄덕일 따름이다.

2

이 봉우리가 솟는 데는 그에 못지않은 수많은 봉우리들이 함께 솟기 마련이다. 우리 활이 인류가 아직 한 번도 가닿은 적이 없는 높은 봉우리에 다다르기 위해서는 또 다른 고원이 필요했다. 백두산을 밀어올리기 위해 엉덩이를 들어올린 개마고원처럼! 그렇다면 우리의 활은 어떤 고원 위에서 이토록 높은 하늘까지 솟을 수 있었는가?

답은 사풍(射風)이다. 그리고 우리 활이 진정 위대한 점은, 마지막에 호흡에 이른다는 것이다. 활을 쏘고 쏘다 보면 욱심이 빠지고, 그 욱심마저 완전히 빠지고 나면 호흡 하나만 남는다. 활쏘기에서 얻는 마지막 동작은 호흡이다. 숨 한 번 제대로 쉬기 위해서 뼈를 깎는 수련을 한다. 숨을 제대로 쉬면 화살이 살아서 가고, 숨이 무거우면 관중을 해도 의미 없다. 숨 한 번에 활이 완성되고, 숨 한 번에 우주가 활 속으로 들어온다. 나를 버리고 숨 속으로 들어가 우주와 하나 되는 무술, 그것이 우리의 활쏘기이다. 당연히 이런 것은 사법 하나로는 어림없다. 모든 사람들이 동의한 사풍이 있어야 한다.

백발백중의 요령은 간단한다. 강궁에 경시를 쓰면 된다. 천하장사도 감당할 수 없는 어마어마한 강궁에다가 젓가락처럼 가벼운 화살을 걸어서 사격술로 쏘면 된다. 그러나 우리 전통 사법은 연궁에 중시이다. 36파운드 활로 7돈 죽시를 걸어서 쏘는 사법이다. 이렇게 쏘다보면 사격술로는 안 된다. 사격술로는 이룰 수 없는 단계가 드러난다. 그런 단계의 드러냄을 위해서 옛 사람들은 연궁중시를 강조한 것이다. 이 가장 중요한 지침을 지키지 않고 오로지 과녁 맞추기 위하여 저 혼자 만들어낸 주먹구구 사법에다 '전통'이라는 이름을 떡하니 붙여놓는 요즘 사람들의 행태는, 근본 없는 우리 사회의 자화상일 뿐,『조선의 궁술』을 쓰던 옛 사람들의 모습이 아니다.

사격술로는 드러낼 수 없는 연궁중시의 단계에서는 두 가지 사실이 또렷해진다. 스스로 안을 채우지 않으면 화살은 절대로 내가 뜻하는 대로 가지 않는다는 것과, 비행체에게 운명과도 같은 바람을 정면으로 맞닥뜨린다는 것이다. 사격술은 바람을 이기는 것이 아니다. 그건 활의 힘이 바람을 이기는 것이지 내가 이기는 것이 아니다. 내가 이기는 것과 활이 이기는 것은 전혀 다른 얘기이다. 바람은 활이 이기는 것이 아니라 내가 이기는 것이다. 내가 이겨야 바람이지 활이 이기는 건 바람이 아니다. 활이 바람을 이긴다면 우리는 활을 쏠 이유가 없다. 그건 총이나 대포에 맡기면 된다. 활로 바람을 이기자만 굳이 불편한 구식 장비를 가지고 힘겨운 짓을 할 필요가 없다. 바람을 이기는 총으로 쏘면 된다. 그러면 백발백중이다. 활쏘기에서 바람을 이긴다는 것은, 활이 아니라 내가 이기는 것을 뜻한다. 바람은 강궁으로 이길 수 없다. 오직 연궁을 써야만 바람이 정체를 드러낸다. 그렇게 드러난 바람의 맨얼굴을 마주하고 범처럼 달려드는 그 사납고 얄미운 얼굴과 싸워야 한다. 처음엔 불가능할 것 같다. 하지만 바람의 맨얼굴에는 '나'의 마음이 담겨있다. 6조 혜능이 마주한 바로 그 바람이다. 내가 나를 이기는 단계에 이르면 바람이 꼬리를 접고 내 앞에 무릎 꿇는다. 내가 일어서라고 하면 일어서고, 내가 누우라고 하면 눕고, 내가 구르라고 하면 뒹군다. 풍향기의 꼬리뼈를 따라서 이리저리 날뛰던 바람이 날아가는 화살의 주변으로 다가와서 과녁 밖으로 벗어나는 화살을 과녁의 한 복판으로 안내한다. 그렇게 얻은 백발백중이 바로『조선의 궁술』에 그려진 사법의 원리이고, 단군 때부터 대대로 무사와 한량의 몸을 통해 5천년을 이어져온 전통의 뼈대이다. 우리는 『조선의 궁술』을 통해 그 높은 봉우리에 단번에 올라설 수 있다. 지난 25년이 헛되지 않은 것이라면 이것을 나의 활쏘기에서 확인한 것이다.

이것이 이루어지기 위해서는 사법만을 전통으로 해서는 안 된다. 전통이 사라진 활터에서는 『조선의 궁술』을 복원해도 이루어질 수 없는 세계이다. 이 사법은 사풍이라는 고매한 고원 위에서 다시 한 번 더 치솟은 봉우리임을 지난 25년 활터 생활을 통해서 깨달았다. 사풍이 사라진 전통사법은 고원이 아닌 바닷가에서 치솟은 봉우리에 지나지 않는다. 오를 때 가파른 느낌 때문에 높다고 여겨질지 몰라도 막상 힘겹게 오르고 나도 실제 높이는 별게 아니다.

3

우리의 활쏘기는 나중에 호흡만 남는다고 했다. 호흡을 따라다니는 것은 기운이다. 들숨과 날숨을 따라 기운이 움직이고, 그 기운이 몸을 움직여 활을 당기고 쏜다. 그러므로 사풍은 이 기운을 한껏 북돋우는 방향으로 정비되었다. 먼저 올라온 사람에게 인사하는 등정례, 양보의 미덕과 경쟁의 홍겨움이 잘 짜여 앞 사람의 기운을 이어받아 다음 사람에게 넘겨주는 팔찌동, 늘 활을 배우는 마음으로 자신을 다

짐하는 초시례, 머리와 꼬리가 하나로 움직이는 동진동퇴,
시비분별의 마음을 내려놓고 몸속에서 도는 기운을 일일이
확인하는 습사무언, 꼬리잡기 놀이처럼 처음과 끝이 하나
로 이어져 무궁한 변화를 궁궁을을(弓弓乙乙) 일으키는 좌달
이 우달이. 어느 하나 기운의 변화에 마디를 주고 고삐를 당
기는 일과 관련 없는 것이 없다. 마차가 가지 않을 때 때려
야 할 것은 마차가 아니라 말이듯이, 모든 활터의 사풍은 기
운이 가득 차올라서 그것이 공명을 일으키도록 만들어졌다.
그 기운에 올라타야만 인류가 도달한 가장 높은 봉우리에
다다를 수 있다. 그렇기 때문에 활터에서는 심지어 술을 마
시는 일도 허락되었다. 술은 기운을 한껏 북돋우고 흥취를
끌어내는 수단이다. 취하여 사단을 일으키는 우를 범하기도
하지만, 그것을 절제하는 것조차 활터에서 배워야 할 덕목
이 되었다.

　군자의 몸가짐이 질서로 드러난 것이 음악이다. 그래서
옛날 임금의 거둥에는 반드시 음악이 뒤따랐고, 군자의 몸
놀림과 걸음걸이는 음악이 베푸는 절도에 맞아야 했다. 이
런 불편한 전통도 따지고 보면 기운의 무궁한 변화를 유도
하기 위한 제도였던 셈이다. 활터에서도 이 점은 마찬가지
였다. 그래서 활터에는 음악이 있고, 그 음악을 디딤돌로 하
여 한량의 활쏘기는 또 다른 한 차원으로 넘어섰다. 활터의
음악이 사라진 것이 우리 활의 전통에서 중대한 사안임을
직감하는 것은 바로 이런 연유이다.

『조선의 궁술』에는 해방 전의 편사 모습이 아주 자세히 적혀있다. 비록 서울에서는 1970년대 이후 편사의 명맥이 끊겼지만, 인천지역에서는 지금껏 잘 전해왔다. 2002년 인천 편사를 답사하였을 때 저물어가는 천년 전통의 장엄한 꼬리를 보았다. 15년이 지난 지금은 이마저도 위태롭다. 그래서 특별히 활터 음악을 보존할 필요가 생겼다. 그렇지만 과녁 속으로 빨려든 활터에서는 이에 대해 생각하는 사람이 거의 없다. 활터에는 '과녁' 하나만 달랑 남아 스스로 고원을 버리고 바닷가로 내려가는 중이다. 바닷가에서 아무리 높이 쌓아올려야 하찮은 봉우리들의 아우성일 뿐임을, 전통을 잊은 활터 사람들은 알지 못한다.

결국 2002년 출범한 서울편사보존회를 2012년 온깍지편사회로 재편성하여 활터음악을 보존하기 위한 방법을 구체화시켰다. 이 사업은 2014년 내가 충북예술고로 발령 나면서 좀 확실해졌다. 충북예술고에는 국악 전공 학생들이 있었고, 그들을 모아서 활음계(회장 김은빈)를 꾸린 것이다. 이제 활터 음악은 우리 곁에 살아있는 생생한 생물이 되었다.

활터 음악은 2가지이다. 경기민요 가락으로 하는 획창과, 남도창으로 하는 호중. 획창은 현재까지 인천 편사에 잘 살아있다. 인천편사의 소멸을 걱정하지 않는 한 획창이 사라질 걱정을 할 필요는 없다.

그러나 남도창으로 하는 호중은 다르다. 남도창으로 하는 호중은 1960년대 초반까지 전국대회에서 실시되었고, 지역에 따라서 1970년대까지도 명맥을 이었지만, 세월의 흐름과 함께 사라져 아무도 기억하는 사람이 없는 상태가 되었다. 이것을 기억해내어 처음으로 우리 앞에 살려낸 사람은 윤준혁이었다. 곡성 반구정에서 온깍지궁사회 사수 취임식 때 젊은 소리꾼을 불러 가르쳐주었다. 그리고 이 소리를 2014년부터 활음계 회원들이 온깍지동문회 모임에 참여하여 매년 호중을 한다.

사대에 선 한량이 활을 쏠 때 뒤에서 소리꾼의 호중이 붙으면 기운이 절로 난다. 활을 통해서 몸 안에 활발한 변화를 일으키던 기운은 밖에서 들려오는 소리와 공명하면서 주위 사람으로 넘어간다. 게다가 남도창은 아랫배로부터 올라오는 소리이다. 그런 소리를 듣다보면 절로 어깨춤이 일고 발바닥이 절로 밟힌다. 비정비팔로 선 발은 아무것도 안 하는 것 같지만, 뒤에서 들려오는 소리꾼의 곱디고운 창을 듣다보면 발로 절로 기운이 내려간다. 마치 스펀지를 밟는 듯한 착각이 일어난다. 나중에는 구름 위에 둥둥 떠 있는 듯이 황홀하다. 이러한 세계와 사풍이 없다면 우리 활은 세계 최고의 봉우리가 될 수 없었다.

4

우리 활이 인류의 최고봉에 다다를 수 있었던 까닭은 사풍이라는 거대한 고원이 밑을 떠받쳐주었기 때문이다. 사풍은 사회 전체의 무게이며, 그 무게를 놓는 순간 그 위에 쌓인 모든 것이 맨바닥으로 곤두박질친다. 사풍을 버려서 바닷가 고도 0m의 바닥으로 낮아진 활터에서는 오늘도 한량들이 과녁 하나만을 본다. 나는 그러는 그들을 본다. 그리고 과녁이 없는 곳으로 눈을 돌린다. 과녁이 사라진 곳에서 거대한 고원이 전모를 드러낸다. 조금만 오르면 에베레스트보다 더 높은 봉우리이다. 인류 역사상 그곳에 올라본 다른 민족은 없다. 오직 우리 겨레만이 그곳에 올라 한 나라를 세웠다. 나는 오늘도 활터를 버리고 그 고원 위에 우뚝 솟은 봉우리로 올라간다. 『조선의 궁술』을 펼친다. 세상의 온갖 고봉들이 내 발 아래 머리 조아린다.

시in세상 001

과녁을 잊다

1판 1쇄 발행 | 2019년 2월 10일

지은이 | 정진명
펴낸이 | 양기원
펴낸곳 | 학민사
출판등록 | 1978년 3월 22일, 제10-142호
주소 | 서울시 마포구 토정로 222 한국출판콘텐츠센터 314호(☎ 04091)
전화 | 02-3143-3326~7
팩스 | 02-3143-3328
홈페이지 | http://www.hakminsa.co.kr
이메일 | hakminsa@hakminsa.co.kr

ISBN 978-89-7193-253-7 (03810), Printed in Korea
ⓒ 정진명 2019